秋夜吟

桑原正紀歌集

秋夜吟＊目次

桑原正紀歌集

秋夜吟

金の夕波

卓上に寄り添ひふるさと語り(がた)する大和の柿と信州の林檎

ああこんないい秋なのにじわじわとにっぽん丸は面舵(おもかぢ)もやう

卓に射すひかりに黒き活字浮く「特定秘密保護法施行」

はるばると渡り来し鳥の一群が事故原発の上空をゆく

放射能測る計器を持たざればこの国の秋を愛でつつ飛ぶや

碗ひとつ、皿二、三枚にて足れるわれの生活　原発いらぬ

吾妻橋渡りつつ見る大川にいちめん金の夕波あそぶ

夕ごころすこし疲れて渡りゆく橋ははつかに身を反らしをり

灯りの裾

時の残滓といふべきたゆさ溜まりゐてリタイア間近のやや重き脚

暇ならず忙しからず日を過ごし電線たるむ下道を行く

非常勤講師といふ身の半端さよ半端さゆゑの疲れあるも知る

雨音のつつむ冷たき文鎮の銀の肌（はだへ）にふと手触れたり

ねむれざるままにかそけき闇の音ききをり一切苦厄軋むを

缶コーヒー買ひに自販機まで歩む未明の路地を影三つ走る

ものかげに幾つもひそむ猫の目に視られつつわれは二足歩行す

突き当たりを曲がつた先の自販機の灯りの裾が柔（やは）くのぞけり

自販機をころがり落つる缶の音とどろきて後夜(ごや)のしじまを破る

ほのぼのと空白むころわたしから私が遊離する気配せり

蓮の花ひらけるごとく音たててぽんと思惟(しゆい)のつき抜けにけり

永遠の悟者たらねどもをりをりに到るましろき境地たふとし

昧爽（まいさう）のしづけき天と地の間（あひ）の木ぬれに鳥のいのち身じろぐ

夜の雨あがれる庭の猫塚に雫してピンクのバラひらきをり

さくさくと

病院の廊下を曲がりたる時に運ばれて来しご遺体と遭ふ

病室はすべて閉ざされひそやかな夜の廊下をご遺体が行く

合掌をして見送れるご遺体は笑顔よかりし老婦人と知る

ご遺体を見送りて入る病室にすこやかに妻はテレビ視てをり

震災も原発事故もさくさくと忘れて妻は十年を病む

リフォームをせむと告げしがマンションの記憶なき妻にむしろ救はる

病室で花ばさみ捜しゐるわれに「タンスの中を見て」と妻言ふ

タブーといふわけではないが四十年妻のタンスを開けしことなし

古き「桟橋」読んで一刻すごしたり三十六歳のわれにも遇ひて

小高さんも母も逝きたる六十九気づけば次の駅ほどの近さ

射線

朝霞(あさか)駅を過ぎしあたりの西空に大き盛り塩のごとき冬富士

いいねえ、やつぱり富士はいいねえと隣が言ふをうなづきて聞く

上階より庭に落ちたる靴下の白きがひとつ新光（にひひかり）かへす

はれやかなこゑ行き交へり新年のひかりにひとはいのち濃くして

冬晴れて風さむき神田明神の入（はひ）りで熱き甘酒を飲む

何願ふなくて合はするてのひらの暗がり見つむ五、六秒ほど

熊手買ひ天地さかさに提げたれば運気下がると売り子が咎む

楷の木を茂らす湯島聖堂にその木見たくて正月を来ぬ

歩きスマホする若者を避(よ)け進むあやふく射線を躱す感じに

楷の木に触れて来たりしてのひらがほのか汗ばむポケットのなか

しづかに怒る

這ひ出でし蔓をいたぶる猫の手がぱんぱんと芝のひかりをたたく

爪切るも生の大切ごみ箱を脚でかかへてていねいに切る

「つづく」といふ文字の出でくるタイミング絶妙にしてドラマ終はれり

この世での意識途切るる寸前の脳裏に「つづく」と浮かばば如何に

車椅子押して出づればとほぞらにまだととのはぬ帰雁群がる

雁去りてまた雁が来てまた去れる時のめぐりの外にゐる妻

バラの木に赤き嫩葉（わかば）のきざしつつ春は苦しみながら近づく

かの日より四年がたちぬ列島の胸処（むなど）の深手いまだ癒えずて

避難民いまだ二十三万人　おもひみがたきをおもひみるべし

一細胞のごとく個はあり群なせるイワシの紡錘状の身もだえ

水のごとくしづかに怒るいちにんとなりて市井に埋もれてゐむか

かめ、カメ、亀、龜

小説の中でいきいき使はるるハタキを黒板に描きて教へき

「カメ」を「かめ」「スズメ」を「すずめ」と直しやる中一の子の春の作文

黒板に「かめ」「カメ」「亀」と書きならべ春に似合へる表記を訊けり

黒板にもう一つ「龜」と書きたれば中一の子ら「きゃ〜」とよろこぶ

「龜」と書くたびよみがへるその昔バスに轢かれてつぶれゐし亀

ひらがなを生みし女性の感性を讃へて一時間の授業を閉ぢぬ

ほちびと

花終へし桜並木の朝ぞらにオーロラピンクの雲のたなびく

茫洋と七曜めぐりまためぐり職退いてより三月(みつき)たちたり

一人用土鍋に向かひ一丁の豆腐いただく発意人(ほちびと)のごと

銚子まで行くにあらねど「しおさい」に乗りゐて恋ほし外房の海

曇天が狭(せば)まりてきて総武線南酒々井(しすゐ)は山せまる駅

人を見ぬ八街(やちまた)駅前に馬三頭ゐて動かねば銅像と知る

広畑の落花生いまだをさなくて土くろぐろと雨の八街

土の香のむんむんとして落花生畑ひろがる八街かいわい

とほく来しかな

夕土(ゆふづち)に落ちて仰向く夏つばき神のまなこのごときその白

ただ酔へばいいといふやうな飲み方の〈独り家呑み〉このごろはする

キッチンで焼酎の生を立つて飲むこんな飲み方も嫌ひではない

「黒糖焼酎」注いだつもりが見直せばラベルに「黒糖梅酒」とありぬ

とうたらり黒糖梅酒の喉ごしのとうとうたらり甘くなめらか

ああこれは盗み飲みせし母の味　梅酒ロックがふるさとを呼ぶ

めつむりて梅酒ロックを揺するときふるさとの夏の銀河鳴り出づ

母のありし三十年と母のなき三十六年　とほく来しかな

南のひと、北のひと

徳之島のユリ、アマリリス咲きにけりわが庭土に馴染むうれしも

こぞの春一三〇〇キロを飛びて来し南の花がわが庭に咲けり

花苗をわが荷に加へくれにける島びとの笑みさながらに咲く

みんなみの赤輝(て)る花のアマリリス戸惑ひをらむ東京に咲きて

バラにユリ、アマリリス咲く庭に立つわれの背に添ふ人のあれかし

松田一夫氏お元気と聞きたうとつに会ひたくなりぬ札幌に来て

一〇三歳の大先輩にまみえんとスーパーカムイで旭川まで

吾（あ）を認め笑みたまひけり午睡より覚めしばかりの目をしばたきて

老い深めたまへどいよよ佳き相の慈顔に励まされてをりたり

英子さん —— 二〇一五年六月二十六日永眠　九十八歳

手触れたる額（ぬか）のつめたさ　石像（マーブル）となりたまひたる宮英子さん

九十八歳五ヶ月の生をささへたるうつしみはいま花に埋もれて

ほの白くあふむきたまふかんばせにひかり添ひたり（お綺麗ですよ）

偲ぶ会を企てをれば「白い菊なんかいやよ」と言ふこゑのする

明るくて楽しい偲ぶ会にせむロマネスクの人にふさはしくせむ

ありつたけの赤いバラもて飾りつけ遺影に問へば「それでいいわよ♪」

ラベンダー色のスーツでワイングラスかかげて遺影に英子さん笑む

会場に流るるショパン楽曲は長女草生(くさふ)さんが編集されし

「幻想的な嬰ハ短調64ノ2とつておきゆゑ死ぬときも聞かう」（『青銀色』）

英子さん、「死ぬときも聞かう」と歌はれし嬰ハ短調64ノ2が流れてゐます

偲ぶ会終へし夜（よ）写真に盃（はい）あげてシャブリ・ワインを酌み交はしけり

新英霊

買ひ置きし新タマネギがほのあをき芽を吹きゐたり八月六日

わが時代またわが生をかへりみてほのかに苦(にが)し黙禱の間(かん)

われら若く怒りし国の相（すがた）まだ革（あらた）まるなく戦後七十年

不甲斐なき上の世代に怒りしが今その位置に押し上げらるる

骨抜きにされし憲法第九条くらげなし漂ふ永田町の空を

自衛隊の違憲論議を棚上げし戦争荷担までしようとは

石絞り水を採らむとするごとき〈解釈〉に平和憲法ひづむ

「国民の平和と安全のため」などとおためごかしを言ふこのをとこ

遠からず出る〈戦死者〉も靖国に新英霊として祀られむ

隣国がひきずつてゐるにつぽんの罪を思へば心が痛む

息ぐもり

夜の廊にチリンと鈴の鳴りにけり鍵よりはづれ落ちし鈴の音

朝の陽が机上の眼鏡に差しおよび脂汚れを白く顕たしむ

窓近く置く蘭の葉のふれてゐるガラスほのかに息ぐもりせり

冬の陽のふかく差し入るリビングに居るべきひとが居ずて明るき

ハムカツに醬油かソースか迷ふのもたのしくて巣鴨「ときわ食堂」

赤パンツ売る店に群れキャワキャワと嬉し恥づかし昭和の乙女

引き抜きし鼻毛が銀にかがやけりすこやかに老いは迫りゐるらし

ひさびさの朝のラッシュの車中にて孤独するどし退職者われ

スマホいぢる若きが中に本を読むひとりの少女　泉とおもふ

本を読む少女のしろき指先がしなやかに動き未来をめくる

てのひらを上向(うは)く、合はす、指を組む　祈るかたちはさまざまにして

稿ひとつ書き上げし夕べほかほかと散らし寿司などつくりてゐたり

閉ぢることなき耳の聴く雨音が夢にさやさや小流(こなが)れとなる

お一人様用

坂の上の裸の欅ふゆぞらを洩るるひかりをひとすぢ収(あつ)む

今日妻の夕食に出でし筑前煮食べたくなりてスーパーに寄る

一人用惣菜コーナーにお浸しと鯖の味噌煮と筑前煮買ふ

主婦ならば買はないだらう値の付けど〈お一人様用〉といふ便利を買へり

がさごそと鳴るスーパーのレジ袋さげてあゆめば猫がふりむく

すこやかな空腹感ありまんまるの月に照らされ帰りゆく道

冬ざれの園を飛び交ふヒヨドリのかりようびんがにあらぬ悪声

銃弾に似る実のあまた散らばれりしんと日の差す椎の林に

日だまりの落葉のうへにまるく寝る黒猫に金の光まつはる

ゑさ食へど決(け)して甘えぬ野良猫と淡く交はる春めく庭に

夜の孤心

あをぞらに飛白の雲の浮くけふを原子炉がまたひとつ目覚めつ

啓蟄にいまだ間あるに暖冬を目覚めたりけり蟇、蛇、原発

年金の給付に要るゆゑ〈マイナンバー〉知らせよといふ春の封書は

冬越えて行方不明のものふたつ　野良猫シロとわが〈マイナンバー〉

怒りつつ棄てむばかりに置きにける〈マイナンバー〉いづこ半日さがす

あづさゆみ春の光にまぎれゐるキナ臭さはや危ないなあニッポン

曇天がひとときは暗くなる今を太陽に月かさなりてゐむ

雨月ほどの風情なけれど思ひをり雲のうらなる皆既日食

水鳥のおほかた去りし春の池ひろびろとして雲をあそばす

性(しやう)つよきユリカモメのこゑ疎みしがその純白の飛影恋ほしむ

残りたる五、六羽の鴨それぞれにのつぴきならぬ事情あるらん

夜のふけのテレビを消せばさびしくてふたたびつけぬ〈消音〉にして

音の無きテレビに人の気配あることに救はる夜の孤心(こしん)は

まよなかの無音のテレビに三陸の海上を飛ぶうみどり映る

をりをりに海面(うなも)にふるる海鳥はただよふ魂(たま)を拾ふならずや

五年目の春を迎へし被災地の荒涼をふかくわが景とせむ

月白

悔しき死またひとつ殖ゆ弥生なる十日まり七日の月白あふぐ

阿(おもね)らず驕らぬ生をおもふとき範として在しき柏崎驍二氏

こころどの深きに沁みる言の葉をもう聞けぬ読めぬ柏崎氏の

やはらかくされど芯ある言の葉に幾たびも癒され励まされたり

目立つこと厭ひたまへどそのさまは巌(いはほ)なしいますわがこころどに

真夜中は不思議なるときキッチンに来て思ひ立ちシンクを磨く

キッチンのシンク、壁回り磨きつつ原稿を練る締めの部分を

ついでにと磨くヤカンがぴかぴかになるころ原稿のことなど忘る

見違ふるほどに光れるキッチンを褒めくるる人もあらざる空夜

キッチンを磨き了へたる午前二時こころにしんと顕(た)つ姿あり

ハイビスカス

たどたどと逃げるをさなき蚊を打ちて開くてのひら青葉あかりす

本棚に一冊分の空きありて久しければ何が在りしか忘る

大きすぎて恥づかしさうなスカイツリー京成曳舟（ひきふね）駅より見放（さ）く

まひるまの地下鉄にふと昨夜（よべ）の夢よみがへりきぬ独楽まはしゐき

埼京線板橋駅前の小園にのつそりと立つ近藤勇の碑

馬捨て場にて駄馬のごと斬首されうち捨てられし近藤勇

胴体を離れし首は京都まで運ばれてのち行方知れずと

わが思惟はかろやかならず一生(ひとよ)地をもとほりしもののすゑならずやも

雨やみて日差しこぼるる公園の木立より降る蟬の初声（うひごゑ）

初蟬の急に啼きたつ木の下に少年と犬おどろき見上ぐ

いただきし特大メロン手に持ちて歓び、食べてよろこぶ妻は

水やればハイビスカスの鉢の土ひしひし鳴れり水の沁む音

ヒロシマとナガサキのあひの二日間ハイビスカスは大輪保つ

南国の花ハイビスカスは亜熱帯並みの雨脚よろこびて受く

首振りて犬が鎖を鳴らす音かそけく響きくる熱帯夜

夏のゆりかご

午前五時とほき林に鳴き出づる蟬ありて空を水ながれ初む

夏は朝　わきてしののめ　鴇色にみづの粒子のほそくたなびき

朝あるきしつつおもへり意識せぬ二足歩行をいつまでできる

暑き昼ハイビスカスの茎のぼる黒き蟻あり意志もつさまに

父の亡きまして母亡きふるさとにさびしき夏のひかり充ちたり

川遊びする子らを見ぬこの淵は忘れさられし夏のゆりかご

川遊びデビューの五歳夏のことわれやこの淵で溺れかかりし

急流に呑まれむとするわれの手をつかみて助けくれしは誰か

まなかひに見をれどふるさとの山河茫々としてうつつなかりき

ふるさとのさびしき光こころどに満たしめて去なむ旅びとのごと

こなから

退職せし学校に来て感覚すどこにも居場所なきたのめなさ

笑顔もて迎へくれしが退職者は部外者なれば会話浅しも

学校に馴染めざる子が一日をすごす心をいまにして知る

遠征中と知らで来たりしグランドの土灼けて陽炎ゆれゐるばかり

撒水をしてノックせしグランドの夏の光を眩しみて立つ

一升瓶に向かひ胡座せりみちのくの「わしが國」なりよき地酒なり

みちのくに逝きし歌びといちにんを胸にいだきてまづは一献

この瓶と向きあひ四日　飲み干すに惜しければ二合半（こなから）ほどを残して

残しおくこの二合半は誰と飲むなつかしきひとを呼びだして飲む

バーチャルとリアルが反転したやうな街がひろがる夕焼けの下

つるべを垂らす

これの世をむつかしくして生き来しとしみみにおもふ悔やむならねど

歌作りに悩めばいつも浮かびくる髭しろき柊二の深きまなざし

ましづかにおのれの生の深淵につるべ垂らせり歌作るまへ

白萩のかたへを走りすぎゆけりジョガーパンツの赤また青が

走ることが歓びだつた感覚のほのかに疼くジョガーを見れば

甲州の秋のみのりの届きたり黒曜、翡翠、海老茶のぶだう

甲州の澄む秋ひかりあふれ出づ葡萄の詰まる箱あけしとき

あぶない

つぎつぎと煙草をやめた友どちがつぎつぎと病むなぜか知らねど

けむり草を不味いとおもふその時がおのれの死期と勝手に決めた

世の中がキナ臭いからせめてこの煙草の煙（けむ）で中和するのだ

秋だなあ、 ふとつぶやけばなにひとつ愁（うれへ）もたざるもののごとしも

秋の字の中に火がある　またひとつ原子炉に火がともらんとする

ほとぼりの冷めたる頃とそつと目を開けはじめたる原発いくつ

「経済」といふ語に大衆は弱い

干し草の匂ひにつられ水際へ羊の群は近づく　あぶない

「経済」の語源は「経世済民」

もつと深くもつと遠くに目をやりて哲学をせよ政治、経済

鯉(カープ)物語

一九四九年、カープは私が一歳のとき誕生した

ヒロシマの長き〈戦後〉と重なれるカープの歴史は私の歴史

スポンサーなき球団創設は無謀にてその無謀がヒロシマを興せり

ふたたびを廃墟に芽吹く緑葉をいつくしむがに愛されしカープ

プロ・リーグ参戦初年の勝率は二割九分九厘とあるがかなしき

市民らがなけなしの金を投げ入るる樽募金にて息つぎし鯉（カープ）

カープ・ファンを名告ればたいていい苦笑され憐れまれたり上京ののち

一九七五年十月十五日　初優勝　後楽園球場にて

二十六年広島のファンは待つてゐた〈わしらのカープ〉の初優勝を

お茶の水の高校にて

教壇で熱くカープの優勝を語れば「先生、観に行けば」と言へり

自習せよと生徒に言ひて教室を飛び出ししわれ若かりしかな

宙に舞ふ古葉監督を見おろして涙せり巨人ファンの中にてひとり

世界はゆがむ

キーボードの上をすばやく這(は)ひ回るトレーダーの指が世界をうごかす

刻々にうごく数字を売り買ひし蓄財謀(はか)る居ながらにして

戦争も政変も蓄財の種トレーダーは世界に蜜をもとめて

豚汁のアクを取りつつトランプの大統領選勝利を聞けり

アクを取るごとくに異民族排斥を唱ふる男が大統領とは

資本主義の勝者トランプを押し上げしは敗者の票なりこの大矛盾

コミュニズムに次ぎキャピタリズムも破綻する兆候ならむトランプ現象

何かヘンだ憎悪が徐々に剝き出しになりてゆあ〜んと世界はゆがむ

利己主義が干戈（かんくわ）に至る単純を繰り返さんとするにあらずや

戦争とながき戦後と　つづまりは昭和を干戈の時代とおもふ

雲形紙片

老婦人の膝の上なる白梅がほつと笑みかく向かひの席に

駐輪場に電動自転車ふえゆきぬここ板橋は坂多きゆゑ

簡単な嵌め絵を前に妻の手は雲形紙片を時ながく持つ

一センチの段差が世界の行き止まり　浮く敷石に妻は阻まれ

雑踏の流れの遅き原因をさぐりてみればスマホ見歩き

おほかたがスマホ見歩きするゆゑに駅コンコースはスマホ渋滞

三十年を父の形見の時計して授業せり父も教員だつた

進みがちな父の時計を合はさむと止めて一分時報を待てり

落葉を終へし欅の向かうより思ひがけず早き朝日さし来ぬ

秋夜吟

秋の夜はもの冷えやすし爪切りも鋏もひとをおもふ心も

吟醸の吟はいかなる意味ならむ独り酌みつつする秋夜吟

こんりんざいこんりんざいと錫杖の音ひびききぬ地の深きより

調伏（てうぶく）をするがにおのがたましひをしづめしづめて眠りを待てり

錫杖の間遠（まどほ）に鳴りて離（さか）りゆく音を聴きつつ眠りにおちる

高架下をあゆみてをれば北へ行く新幹線が音降らせ過ぐ

水上に浮く駅かともゆらゆらと浮間(うきま)舟渡(ふなど)といふ名たゆたふ

シロウオ

太ももをくすぐられてふと目覚めれば携帯電話が着信を告ぐ

虎ノ門、溜池山王(ためいけさんわう)駅あたり江戸の匂ひのするやうな闇

家にあればをりふし紙の辞書引けりその重さ、香り、音のうれしく

或る語彙を引きしついでに周辺の語彙を漁りて遊ぶたのしさ

ついでといふおまけ楽しむ生き方の非効率こそゆたかさならむ

上出来の肉ジャガひとり食べながら嬉しくてやがて少し寂しむ

ビニールの袋の水に生かされてシロウオ一〇〇匹とどきたりけり

瀬戸内の春のひかりをまとひるる活魚シロウオ尊きかなや

透きとほる身を灯のもとに撥ね上げてシロウオをどる笊に一〇〇匹

生きながらシロウオ一〇〇匹沈めたる身を慎めり　南無阿弥陀仏

月虹

都市棲みのながくなりたり少年の日に見し月虹(げっこう)を五十年見ず

闇なかにあはき弧をなす月虹にたましひ吸はれしまま五十年

頭(づ)の芯にいつもはるかな空間を飼ふ呆とした少年だつた

紫陽花にふる糸雨(しう)などといふ風情とほくして今日の風雨はげしき

あばれ梅雨荒れて過ぎたる日の暮れをほつと花首あげる紫陽花

となり家の庭にころがりゆきにけるバケツ回収すひと声かけて

風おちてまたき静けさもどりたるゆふべほのかに母をおもへり

生まれ家の裏の竹藪がうがうと風に鳴る夜は母と寝ねしよ

ひとつ灯の下で家族が過ごしゐしころは原発なんてなかつた

寝釈迦雲

二、三匹蚊をまつはらせ野良猫が初夏の草生をよこぎりてくる

水飲みてわが庭にながくとどまれる野良猫よ悪いが飼つてはやれぬ

あくびして涙目にみる青空に雲の寝釈迦がしろくかがよふ

窓に浮く寝釈迦雲みてゐるうちに涅槃に入りてあとは覚えず

新婚の夫をけなす歌なれど〈愛してる感〉のただよふ一首

「ラスコーリニコフの斧」といふ唄が棲みついてひと日頭蓋にひびく

五十年ぶりに来たりし桜桃忌つどへるは多く中高年層

誰ひとり知らねど同窓会のごとなつかしきかな桜桃忌に来て

母のえにし

瀬戸内の海なぎわたり靄がかる沖にかすめり四国連山

強き風に吹き寄せられし安浦に月の歌一首残しし西行

木彫りなる長身痩軀の西行の目線に立てば光る海みゆ

九百年経て慕はるる西行の像を朗々と詠歌がつつむ

西行が一夜やどりし安浦の夜陰にひくくひびく波音

わが母の教へ子といふ老婦人涙ぐみたり手を取りたまひ

初対面の老婦人なれど握りたる手のなつかしさ母のえにしに

国民学校卒業写真の中央にゐるはまさしく若きわが母

国民帽とおかつぱ頭の五十二人守れる母の面輪りりしも

山の子のまづしさまして戦中のひもじさあらは母のめぐりに

習ひ性

窓近く鳴く秋の虫この家に戻りたきもののこゑにあらずや

冷蔵庫に二週間ほど冷えてゐし卵よさぞや寒かつたらう

さみしくて、などとはいはねまよなかにたまごことことゆでてをりたり

月魄に呼ばれしならむ戊夜（ぼや）を覚めカーテン引けば全円の月

晴天をあふげばいつも車椅子日和とおもふわが習ひ性

新宿の雑踏にゐて大音で放屁をしたり秋晴れのもと

エレベーター開くすなはち秋ぞらの央(まなか)に出でつここ五十階

放射能まぎれゐむ空をミサイルが横切りて金臭き秋ぞら

ころがれる落蟬ひとつ唐突に再稼働して飛び立ちにけり

怒る歌を酒飲む歌に差し替へて一連十首一変したり

悪政を怒る歌三首捨てしことさまざまに思ふ夕焼けの坂

傾く秋夜

うすぎぬのやうな秋冷まとひたる「森伊蔵」厨のくらがりに待つ

にぎりたる罎の細首ひいやりとすでに酒精の気の伝ひくる

エイヒレを炙りつつ先づ立ち呑みをすればくらりと傾く秋夜

独り呑みましてて家呑み野放図をいましめて呑む　されど復（ま）た一杯

銃向けるごとくリモコン突きつけて宰相ひとり消し去りにけり

中天にしろく照る月たれもたれもおのが死に顔を見ることのなし

あまやかなとほき記憶を嗅ぐごとくキンモクセイの香に瞑目す

祈(ね)ぎごとは心の裡(うら)に塗り込めよパウル・クレーの隠し絵のごと

夕照りの富士たちまちに視野を去り新幹線にまた居眠りぬ

ゆらゆらと夢路のゆれて大富士をひとまたぎするダイダラボッチ

蜘蛛の巣に枯れ葉のゆるるかたへ過ぎあゆみとどめつ何か忘れて

ドガの踊り子

みちのくの夏の光のこごりたるラ・フランス十二個箱に居並ぶ

たつぷりと下方に蜜をためてゐるやうなラ・フランスのフォルムを愛す

金の味、銀の香りのラ・フランスみちのくの土と陽が育てたり

そのむかし漆を植ゑし知恵者ありラ・フランス植ゑしはその裔ならむ

ラ・フランス、ララ、ラ・フランスくるくると踊り子舞へりドガの踊り子

表参道の秋

秋の陽はしらしらとして翁さび園の枯れたる芝草にさす

ふりかへること多くなる齢(よはひ)ゆゑましして秋ゆゑ雲を目(ま)追へり

浦島の太郎の思ひ四十年ぶりなる表参道ゆけば

見知りたる並木の欅ふとぶとと四十年の時間を証(あか)す

参道に肩並べ建つビルの華奢(くわしや)とほき茶店の幻影のうへ

大理石の中の化石のさまに似て同潤会アパートの一部残さる

ラメ入りのいのちを持てる若者らキラキラと表参道に群る

雑踏に井光（ゐひか）の裔も混じるらし白き尾を揺り行く娘あり

螢光灯またたくさまにわが心音ときにまたたく古びたりけむ

高野公彦七十六歳誕生日前夜深酒愈々元気

あしたから南島の旅に出るといふ公彦のまへ五本目の酒

名前出ぬ何某（なにがし）めぐり五、六人いつせいに上目となりて考ふ

顔うかび名前の出ぬはワインの罎前にしてオープナー無きにかも似る

一万円返し返されするうちに金などどうでもよくなつてくる

銭金を蔑するわけではないけれど時に邪魔なり思ひに添はで

Jアラート

右へ右へ傾ぐを防ぐ手立てなきまま二〇一七年暮れんとす

ニッポンガアブナイ、グンビヲキョウカセヨ　Jアラートが叫び続くる

Jアラートが役立たぬのは当たりまへ危機感煽るのが目的だもの

「Jアラートって何なの?」と妻に訊かれたり「右傾化促進工作装置さ」

夜な夜なを妻に添ひ寝をする猫の首のほころび縫ひ合はせやる

この年に逝きし教へ子の年賀状しばし見つめて机上に置けり

細密な線もてこの世の風景を描きて逝けり伊藤秀行

闘病の己が身をおきわが体案じてくるる添へ書き一行

発症をしてなほ体調の良きときを被災地に行き活動せしと

五十一歳その早き死は人のために命を削りしゆゑにあらずや

伝書鳩

ほろほろとちりめん山椒香りたち遠き女人のさみしさ届く

『群書類従』第十輯を閲(けみ)しをり双子座流星群しきり降る夜半

一茎の水仙はつか身じろげり今し夜空を星奔りしや

新聞社に伝書鳩飼ひてゐしころの渺々とあをき空をおもへり

しんしんと雪ふりつもる北国の縄文遺跡をテレビは映す

たうとつに雪見たくなりトンネルを抜けてましろき山を見に来ぬ

二時間前乾く舗道を踏みてゐしスニーカーにて雪道を行く

雪中を泣きながら登校せしこともはるけくて雪をよろこぶ足裏（あうら）

スキーヤー群るるを傍観するのみに熱きコーヒー啜る山裾

スキー場にてスキーせず帰ること粋か無粋かひと日の愉楽

うす氷張る池ふかく魚ねむり釣り糸たらす男もねむる

うつし世の荷下ろしをしてかろき背をねぎらふやうな午後の冬の陽

竿掛けに釣り竿あづけ居眠れる釣りびとはふかくその首を垂る

ひねもすを水のおもてと対話して釣果なき男水辺を去りぬ

教師脳

学校に隣る施設に移したれば妻はときどき教師に戻る

送る三月、迎ふる四月　学校の春の怱忙（そうぼう）が妻を刺激す

学校のチャイム鳴るたび生き生きと目覚むるらしも妻の教師脳

午後遅きチャイム聴きとめ「昼休みなのね」と言へばわれは肯ふ

クラリネットと太鼓と鉦が楽しげに縺れあひつつ商店街ゆく

チンチンドンチンチンドンドンきらきらと音符撒きゆく春の街頭

無料にて出入り自由の夜の塾子どももも講師もどこかたのしげ

強制とも義務とも無縁であることがこんなにも〈学校〉を楽しくさせる

数学を訊かれて「わからん」と言ひたれば表情なき子がふつと笑へり

聖(ひじり)といふ名の女の子聡明な眼をして一語一語にうなづく

*

五十年東京にゐて知らざりし亀戸（かめゐど）線は二輛編成

降り立ちて「東あずま」の駅表示見つつおもへり斉藤斎藤

病床の玉井周子さん目をあけてみひらきてわれにほつとほほゑむ

痩せ痩せて骨と見紛ふ手にあれどわが手を握る手に力あり

細声に後事を託すこの人の献身の生まるごと享けむ

千年の計

永田町に騒動ありてたいせつな三月十一日を政治が穢す

うまく火を消したつもりの宰相の尻がふたたびくすぶり始む

証人も参考人も宰相の醜(しこ)の御楯となる覚悟らし

身体張り宰相を守る英雄と自負するか時に胸を反らして

はきはきと答ふる首相秘書なれど記憶はいまだ斑模様で

ひとり死にひとり辞任すあなあはれ宰相の楯となりし役人

名にし負ふ財務省キャリア官僚といへども所詮とかげの尻尾

官僚に責めを押しつけとぼけゐる財務大臣つくづく悪相

こんな政治がいつまでつづく　千年はおろか百年の計なき政治

手をあげて足早にカメラの前過ぎる男の作り笑顔さむしも

茱萸坂にあらねど夜の坂道をくだりつつおもふこの国の末

ほうたる

木洩れ日の揺るる湧き湯に身をひたし目つむりてをりここはふるさと

この出で湯〈森の泉〉と名づけられふるさとびとのこころを癒す

離郷者も黙つてつつみくるる湯の慈愛にみちて仏心（ぶつしん）に似る

のどやかな里のことばで畑荒らすゐのししを言ふなかばゆるして

ふるさとのほうたる恋ひて寄りゆけば水辺にともる三つ四つ、七つ八つ

ああこれは六十年前のあの景色かたはらにかのひとがゐたりき

深みゆく闇に浮かびて群舞するほうたるほたるわれや少年

てのひらにともりては消ゆるほうたるにゆつくり息をあはせゐたりし

ほうたるの去りたるのちのてのひらの宇宙にあえか星雲のうづ

さまよへる魂よとわれを脅かし闇に笑みしはいま黄泉のひと

そのひとの湯あがりの香とほうたるの微光といづれ吾(あ)をまどはしし

かのときと今との間（あひ）の六十年なきがごとしよ　ほうたるともる

降魔のひびき

ふる雨の流るる方の定まりて道のわづかな傾きを知る

さつぱりと無かつたことにする知恵を〈水に流す〉と言へり佳きかな

雨やみて暗渠をくだる水音の勇むがごとし降魔(がうま)のひびき

ときに水は怖けれどこの列島に草木鳥獣、人を養ふ

水の国に生きておもへり乾ききる地のおもねらぬ勁き思想を

跨線橋なれどみやびな名を持てる空蟬橋に大塚で遭ふ

旅順陥落祝ふ勝ちどきの名を負ひし勝鬨橋は四十年開(あ)かず

盛岡の夕顔瀬橋で幕末を深く憂ひし吉村貫一郎

飛鳥川またぐ月読橋といふ橋を恋ひつつ行きしことなし

兄病む

ふるさとに病む兄とほくおもふ日々かさねて月余いま帰り来ぬ

ひと回り上の長子の兄にして家を継ぐため夢を捨てにき

教員をしつつわづかな田畑を守りて鄙に埋もれたる兄

東京へ出でむと言ひしわれの背を真つ先に押しくれたり兄は

痩せし身を横たへてわれに笑みかくる兄の慈愛をわが忘れめや

弱りたる息づかひもて言ひくるる「元気での」を深くしまへり

グレゴリオ聖歌

暁闇をインターネットに呼び出ししグレゴリオ聖歌泉井（わくゐ）のごとし

やはらかき単旋律の男声の意は分からねどたましひに沁む

テノールの独唱にまた合唱にさらはれてゆく浮遊感あり

グレゴリオ聖歌のやみて明け初むる空を鴉が声こぼし過ぐ

鳴き声のごとき簡素なツールのみ持ちゐしころのヒトをおもへり

退職後帰農せし友が作りたる葡萄とどきぬ試作品とて

新聞紙にくるまれて来し三つ房の葡萄あましも友が手作り

裁判所に長く勤めて帰農せし友の日(にち)にちゆたけくあらむ

裁判所なかんづく家裁といふところ社会の闇の底滓（そこり）なすところ

家事審判、少年審判の深き闇知る友が選りし帰農たふとし

数キロをただまつすぐにつづく道突つ走りゐて距離感狂ふ

十勝平野は麦秋さなか金色の波を漕ぎゆく大きコンバイン

けぢめなきまでのか広さに目眩せり十勝平野のただなかに佇ち

一面の原野でありしころほひの十勝平野をめつむりおもふ

ひとすぢの川と日と星めじるしにアイヌびと棲みけむこの平原に

和顔施

酷熱に幽閉されし日の暮れを野猿のごとく冷蔵庫あさる

モッツァレラチーズとトマト輪切りにし塩、胡椒ふりオイル垂らせり

しろたへの豆腐に落とす包丁がてのひらにとどく感触すずし

冷や奴にオクラとおかかたつぷりとのせて一献さあ何呑まう

イメージが形なしゆくプロセスのどこか似てゐる作歌と料理

手をつなぎシルバーカーを提げ持ちて老女をそつと電車に乗せぬ

大あくびしたる老女がわれを見てビリケンさんの笑み浮かべたり

わが前に坐る老女がくれにける無上の笑みに救はれてゐる

世事人事みなほくほくと見渡して世界をゆるすやうな和顔施（わがんせ）

背のまるくなりたる妻が食卓に低く顔出す　つくづく老いぬ

十四年運動せざる妻にして骨密度盛時の三十パーセントといふ

腰、膝の痛み訴ふる妻なれば手を引き歩くさへままならぬ

コミセンで歌語りする隣より雀牌まぜる音ひびきくる

食器棚のうしろより頭のぞかせて髭のそよろに秋のゴキブリ

仕方あるめえ

しやうもなき慣ひと知れどしやうもなく煙草吸ひをり書に倦みし夜半

喫煙歴五十年なるわが肺がまだ煙（けむ）を欲る　仕方あるめえ

愛煙と洒脱が同義でありしころよく読まれたり「パイプのけむり」

くはへ煙草するために前歯一本を抜きてしまへり市川崑は

ひろがれる紫煙にのせてたましひを解き放ちやる秋の夜ぞらへ

二十二歳の若き遺影のをさなさの残る笑顔がわれを泣かしむ

色黒の目元すずしきラガーマン少年のままの君がほほゑむ

コツニクシュ聞くだにおぞましき病魔わかきを好み連れ去るといふ

「がんばります」卒業の日の君が言葉、白き歯、手力（たぢから）のよみがへりくる

子も孫もなきわれなれど逆縁の酷さを知りぬその母に向き

冬の獅子座

寒の夜ののみどをくだる「百年の孤独」冷たし熱りを秘めて

十二月十四日、つひに美ら海へ投入せるは〈戦後〉の汚穢（をわい）

「皆さまに寄り添います」と言ひながら寄り添ひて刺すごとき仕打ちぞ

「ママ、僕は人を殺してきた」と歌ふフレディ・マーキュリー　白萩の傍（はた）

みづからを殺すがごとく生畢（を）へて天へ駆け上がりしフレディ・マーキュリー

われもまた何人殺してきただらう　冬の夜空に獅子座が吼ゆる

武蔵野の疎林を素引く寒風のまことせうせうとこころを枯らす

36,500,000回×70年

二十五億五千万回鼓動して「少し疲れた」といふにあらずや

初めての入院、手術の日を決めてときめく思ひなしと言はなくに

美智子妃が石牟礼道子の死を悼み「日本の宝」と言ひたりしはや

中くらゐなるめでたさにふさはしくミニの松飾りと鏡餅買ふ

病室で十四度目の年迎へする妻のため飾り付けせり

小さなる鏡餅見て「これ何?」と妻は飾りを破いてしまふ

現し世をすこし外れて晴れ事にこだはらぬ妻それでいいのだ

破かれし鏡餅飾りにテープ貼り補修してをり現（うつ）し人われ

七つの凹み

森あをく水きよく澄むフィンランド、　フィンランドにも原発がある

みづうみと森うつくしきフィンランドの地下深く長くオンカロ延(は)へり

磨き終へたるバスタブのましろさにとどきて除夜の鐘こもり鳴る

風呂に湯を張りつつ思ふアラブ語に直訳できぬ〈湯水のごとく〉

南高梅ひとつのせたる白飯に年のはじめのひかりあそべり

鳩小屋より鳩のこゑ降る路地はわが恋路にあらね妻を訪ふ道

ポケットに蜜柑三つを入れてゆく施設の妻へ年玉として

ポケットの中なる蜜柑まろまろと不知火の陽の凝れる蜜柑

「おめでとう」と言へば「何が」と問ひ返す妻の時空のむしろ羨しも

何がめでたいわけでもないが「おめでとう」と言ひ合へば新年歌会めでたし

祝ひ酒二升五合の大瓶(おほびん)に「升升半升(ますますはんじよう)」とありてめでたし

酒残る二升五合瓶担ぎつつ抱へつつ搬ぶ駅までの道

ガラ空きの車中にあれば隣席に二升五合の瓶を坐らす

行儀よく神が坐りてゐるごとき向かひの席の七つの凹(へこ)み

兄逝く

八十三の誕生日まで七曜を残して逝けりふるさとの兄

夢枕に立つとは不思議なことばにてその前夜たしかに亡き兄立てり

死に化粧といふは酷なりつやつやと生き生きと死を許さぬごとく

髪膚（はっぷ）まとふ最後の兄をたしかめて順にのぞけり炉前の儀式

炉を出でし兄はも既に兄ならで兄の形のしらほねの嵩

箸をもて兄を拾ふといふことのせつなかりしよひそけき音に

前山をおほふ桜に生れ変はる句を遺し逝けりふるさとの兄

*

昼過ぎのわが万歩計二〇〇歩に届かざりけり外は雪晴れ

雪とけて湿る黒土ふみゆけば春耕の兄に出会へさうなり

春待たず逝きたる兄の農事メモ置き去りにして春は来向かふ

九〇〇〇歩あるき得たるを今日の日の大仕事とせり　夕焼わらふ

熊野、播州

豪雨禍の痕なまなまと熊野川沿ひの山肌しろく崩るる

山裾がすとんと川に落ち込める熊野の地形うねうねつづく

この川に沿ひて進みし神武軍を高処より囲み襲ひたりけむ

毒気吐く熊とは先住の民にしてその手強さの換喩なるべし

苦戦せし神武を記紀は英雄としてゐがきたり神威まぶして

美化されし神話なれどもつづまりは侵略、殺戮、征服の話

その下に鎮め封ぜられしあまたなる地霊おもほゆ社おほき地

玉置山で遭ひし吹雪はきまぐれな天狗の団扇風にありしか

玉置神社の屋根にまたがる大天狗見たと真顔で小黒世茂いへり

あをぞらに白鷺幾羽まふごとき姿形(フォルム)を見上ぐ播州にきて

熊野路の疲れののこる脚止めてただほうとしてあふぐ城影(しろかげ)

吹雪きゐしきのふの熊野あをぞらのけふの播州いづれもうつつ

春潮のゆたにたゆたに打ち寄する室津湊にヒトデ乾けり

大阪城の石垣になりそこねたる巨石がふたつ春日に温む

この瀬戸の果てのまほらを奪はむと東征しけむすめろきの祖(おや)

ルーティン

打席での動作がとりわけ入念に見えた

ふるさとに骨を埋(うづ)めに帰り来しイチローとおもふルーティン見つつ

とらへた！とおもひし球に数センチ差し込まれセカンドゴロに倒れつ

０・０１秒おそき反応に肉体の大きおとろへを知る

ヘルメット脱ぎ汗をふくイチローの白髪頭をわれはたふとむ

つつましくつつましく生きてひつそりとひとりゆきたる老いびとのあり

つましさとつつましさの差はやましさとなやましさほど大きくあらず

たつた二合炊きたる飯を冷凍し三日をかけて食べ了へにけり

梅花藻

湯気をふく炊飯器のはた追熟のバナナが匂ふゆふべのくりや

「瑞歯含む（みづはぐむ）」はすごく歳取る意味と知り瞠目をしてのちに愉しも

青岸渡寺を見ずて熊野を去りしことまたおもひをり葉ざくらのした

車中にて居眠るわれのシナプスにやはくまつはる女（め）ごゑふたいろ

清流にひそやかに咲く梅花藻の喪のひとの顔しろくうつむく

虎魚

ボウフラもかくやネットに湧き出でて息継ぎ競ふユーチューバーはや

電脳の網にすつぽりおほはれてくうきがうすくなつた気がする

〈つながつてゐなければ症候群〉の若者が群れつつふかき孤独を飼へり

孤絶感つのる夜ふけは海底の虎魚（をこぜ）のすがたおもひみるべし

孤独とは負（ふ）ならずましで恥ならずしづかに己かへりみるとき

あとがき

この『秋夜吟』は、二〇一六年に刊行した『花西行』に続く第九歌集ということになります。二〇一四年後半から二〇一九年前半までの四年余に発表した作品から五〇六首を自選して収めました。
　この集の始めの方で長年の教職を辞し、終わり近くで七十歳になるという、人生の大きな節目が背景となっています。十四年前に脳動脈瘤破裂で倒れた妻は、その後いくつかの病院や施設を経て、二年前から終生を過ごすことのできる老人ホームに移りました。依然として低い認知度ですが古い記憶は残っていますし、身体的な健康も年齢なりの状態を保てています。これで私に万一のことがあっても困らないような体制を整えることができました。

歌集名はやや長閑なものになりましたが、公私にわたる責任を果たしたというほっとした気分が影響しているかもしれません。ただ、作品そのものはなかなか何かから解放された気分になれず、相変わらずもやもやしたものをかかえたまま作ってきました。何にも左右されず自由気ままに詠みたいという願望と、世界や人間の現状から目を逸らしてはならないという義務感との間で大きく揺れているのが今の私ですが、このまま詠みつづけるしかないのでしょう。

本歌集の制作は、日頃から敬愛する青磁社の永田淳さんにお願いしました。わがままを聞き入れてくださった装幀家の濱崎実幸さんともども、心より感謝申し上げます。

二〇一九年七月

桑原　正紀

コスモス叢書第一一六六篇

歌集 秋夜吟

初版発行日 二〇一九年九月十日
著　者 桑原正紀
定　価 二六〇〇円
発行者 永田　淳
発行所 青磁社
京都市北区上賀茂豊田町四〇－一（〒六〇三－八〇四五）
電話 〇七五－七〇五－二八三八
振替 〇〇九四〇－二－一二四二二四
http://www3.osk.3web.ne.jp/~seijisya/
装　幀 濱崎実幸
印刷・製本 創栄図書印刷

ISBN978-4-86198-440-2 C0092 ¥2600E